Oupilaille
et le
poil de dragon

Texte : Dominique Demers
Illustrations : Manon Gauthier

À tous ceux que j'aime,
famille et amis qui acceptent
le petit Oupilaille en moi.
Dominique Demers

À Franz Edvard,
petit Oupilaille d'outre mer.
Manon Gauthier

imagine

Aujourd'hui, Oupilaille a le cœur tout content.
Dehors, il y a un beau soleil rond et l'air sent bon les pissenlits.
Pour célébrer, Oupilaille décide d'aller se promener.

En route, le cochonnet saute à cloche-pied. **Oups!** Son lacet est détaché.

Il s'arrête pour refaire une boucle et c'est là qu'il découvre... quelque chose de fabuleux.

Quelque chose d'extraordinaire.

Un long poil vert!

— Un poil de dragon, c'est sûr! s'exclame Oupilaille.

Oupilaille enveloppe sa
précieuse découverte dans
son mouchoir à fleurs.

« Un poil de dragon!
pense-t-il. Quelle chance!
Un poil de dragon, c'est rare,
c'est précieux.
En plus, c'est magique!
Les sorcières en font des
potions pour transformer
les princes charmants
en éléphants. »

Le cochonnet court à toute vitesse chez son ami Flanelle.
Il a très hâte de lui montrer sa découverte.

— Flanelle! Regarde ce

Flanelle l'écoute à peine. Il est trop occupé à préparer sa fameuse recette de ratatouille gratinée.

que j'ai trouvé. Un poil magique !

— Flanelle ! Écoute-moi. C'est important.
J'ai trouvé un poil de dragon !
— Tu veux des bonbons ? Regarde dans le bocal
sur la table, répond distraitement le petit âne.

Oupilaille insiste.

—Tu n'as rien compris, Flanelle!
J'ai trou-vé un poil de dra-gon!
On pourrait faire des potions.
Ou partir à la chasse au dragon?

Oupilaille s'approche de son
ami pour le forcer à regarder,
mais voilà qu'il accroche
la casserole et...

Bing! bang!
C'est la catastrophe.

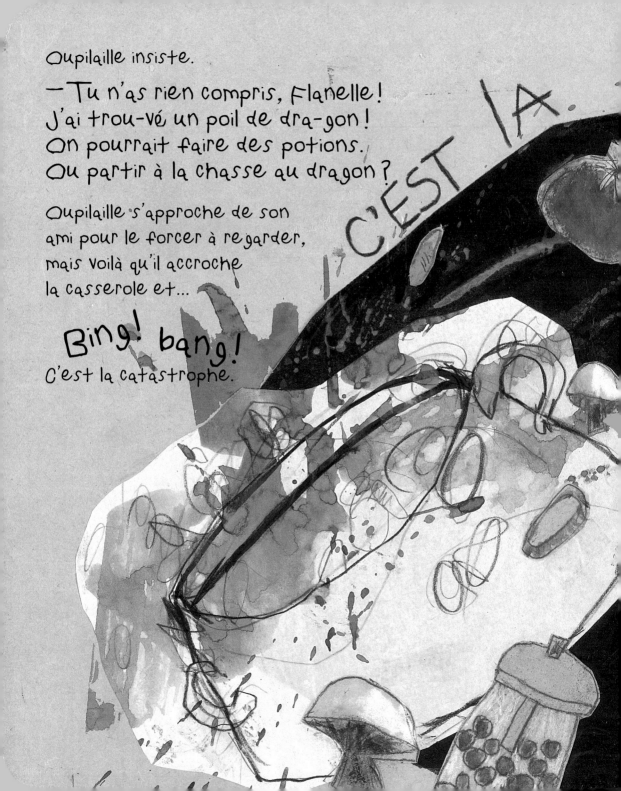

CATASTROPHE!

Flanelle est furieux.

— Espèce d'excité! Tu as tout gâché. En plus, tu es ridicule. Tout le monde sait que les dragons n'existent pas.

Oupilaille sent son cœur craquer. D'un coup, toute sa joie l'a quitté. Il laisse tomber son précieux poil de dragon et s'éloigne à toute vitesse.

Les mots de Flanelle cognent dans sa tête :
« Espèce d'excité !
Tu as tout gâché ! »

Oupilaille se sent moche. Très moche.
Le soleil est encore tout rond et l'air sent
peut-être bon les pissenlits, mais dans le cœur
du cochonnet, tout est gris.

La colère de Flanelle est passée comme un ouragan.
Le petit âne est plus calme maintenant.
En nettoyant le sol, il découvre... un long poil vert !
Les paroles de son ami lui reviennent.
C'est ÇA qu'Oupi voulait lui montrer.

« Pauvre Oupi, songe Flanelle. C'est vrai qu'il est un peu excité. Mais il est tellement joyeux, tellement généreux, tellement attachant... »

Flanelle songe au jour où Oupi s'est déguisé en clown pour le consoler. Et à cette autre fois où il lui a fait découvrir les lucioles dans la nuit.

Flanelle comprend alors que le pire dégât, ce n'est pas la ratatouille ratée. Le pire dégât, c'est la peine qu'il a causée à son ami Oupi.

Le petit âne voudrait se faire pardonner et tout effacer. Mais il ne sait pas comment.

Et puis soudain...
Oh oui! Flanelle a une idée!

Oupilaille retrouve sa joie
en voyant apparaître Flanelle
avec un **énorme** gâteau
aux fraises et au chocolat.

Mais tout à coup, Oupilaille s'exclame :
— Le poil de dragon! Ah non! Je l'ai perdu!

Flanelle fouille dans sa poche.
— Et moi, je l'ai retrouvé. Tiens !

— Dis, Flanelle... penses-tu qu'on pourrait aller
à la chasse au dragon demain? demande Oupilaille.
— D'accord, répond Flanelle. Mais tu sais bien
que les dragons n'existent pas...

Catalogage avant publication
de Bibliothèque et Archives nationales du Québec
et Bibliothèque et Archives Canada

Demers, Dominique, 1956-   .

Oupilaille et le poil de dragon

(Mes premières histoires)
Pour enfants de 3 à 5 ans.

ISBN 978-2-89608-049-6

I. Gauthier, Manon, 1959-   . II. Titre.
III. Collection: Mes premières histoires (Éditions Imagine).

PS8557.E468O96 2007 jC843'.54 C2007-940784-6
PS9557.E468O96 2007

Oupilaille et le poil de dragon © Dominique Demers / Manon Gauthier
© Les éditions Imagine inc. 2007
Tous droits réservés

Graphisme: Manon Gauthier

Dépôt légal: 2007
Bibliothèque nationale du Québec
Bibliothèque nationale du Canada

Les éditions Imagine
4446, boul. Saint-Laurent, 7e étage
Montréal (Québec) H2W 1Z5
Courriel: info@editionsimagine.com
Site Internet: www.editionsimagine.com

Imprimé au Québec
10 9 8 7 6 5 4 3 2 1

Conseil des Arts   Canada Council
du Canada   for the Arts

Nous remercions le Conseil des Arts du Canada
de l'aide accordée à notre programme de publication.

Société
de développement
des entreprises
culturelles
Québec

Gouvernement du Québec – Programme de crédit d'impôt
pour l'édition de livres – Gestion SODEC – Programme d'aide
aux entreprises du livre et de l'édition spécialisée